un, deux, trois... soleil !
mais je préfère la pluie

Léa Jeunesse

un, deux, trois... soleil !
mais je préfère la pluie

tu étais le soleil et moi la pluie,
tu m'offrais des arcs-en-ciel
quand j'avais besoin d'amour

Fall in love,
je suis tombée dans l’amour,
et l’amour c’était *toi*

je pensais que l’amour était la plus belle des choses
jusqu’à ce qu’il me brise le cœur en mille morceaux

tu as toujours été mon horizon, cet endroit où je voulais aller. Tu avais les bras dans lesquels je me sentais bien, dans lesquels je me sentais moi. Tu étais mon monde entier, mon avenir, tout ce que je voulais construire, l'histoire que je voulais écrire mais surtout.. cette belle histoire que je voulais vivre. Tu as été un rêve que je n'ai cessé de toucher du bout des doigts mais que je n'ai jamais su réaliser. Tu étais l'un de mes plus grands piliers, mais aussi le seul repère que j'avais, ce phare dans la nuit qui me guidait, qui m'a toujours empêchée de me perdre. Mais surtout, tu as été mon étoile, celle qui scintillait le plus dans mon ciel. Tu étais mon tout et je n'étais plus rien sans toi. Tu sais, je ne pensais pas qu'un jour j'arrêterais de briller, et pourtant c'était le cas à tes côtés

tu étais mon **tout** et
je n'étais plus **rien** sans toi

j'ai fui tout ce que je connaissais, et tout ce que j'aimais pour essayer d'avancer, pour essayer de t'oublier, mais tous nos souvenirs me suivaient partout... parce que tu as habité en moi, sur ma peau, dans mon cœur, sur le coin de mes lèvres, à l'intérieur de mon regard... mais surtout, tu as touché mon âme avant de la briser doucement. Je me suis éloignée de ce qu'on avait vécu, de ce qu'on avait partagé dans ces petits coins fleuris qui ne le feront plus jamais de la même manière maintenant. Je suis partie loin de nos souvenirs, de notre amour, et même si tu n'avais pas existé là-bas, tu vivais en moi... J'avais beau essayer de m'enfuir, essayer de me débarrasser de ton visage, de ton sourire, de ta voix que j'ai tant aimée, tu étais partout, tout le temps... Et j'ai vécu loin de cet endroit dans lequel j'ai croisé ton regard pour la première fois, cet endroit où j'ai compris que tu serais l'amour de ma vie... mais pas dans celle-ci

j'ai compris que tu serais l'amour de ma vie...
mais pas dans celle-ci

à mon premier amour,

qui m'a ouvert un peu trop grand et beaucoup trop fort le cœur, mais qui m'a surtout permis d'en sortir quelque chose de beau, de touchant, de percutant pour moi et pour les autres. Merci d'avoir été ma plus belle, grande et douloureuse blessure, celle qui restera toujours ouverte mais qui me permettra de faire ce dont je suis la plus douée : poser des mots sur ce que je ressens. Je te remercie d'être l'inspiration qui me manquait pour accomplir quelque chose de joli dans la vie, quelque chose qui bouleverse les cœurs, quelque chose qui reste et qui grandit à mes côtés. Merci de m'avoir laissé prendre soin de ton cœur quelques temps, et merci de m'avoir aimée. Tu ne dois pas t'en vouloir, jamais, que ce soit pour la douleur, l'absence, le manque et toute cette tristesse que tu m'as laissée. Ne sois pas désolé pour ma peine, ni pour notre naufrage et encore moins pour la merveilleuse chute de notre empire.. Parce que notre histoire restera la première, la plus destructrice, celle qui aura traversé le plus de tempêtes mais surtout celle qui me donnera toujours l'envie d'aimer encore une fois. Tu sais, si je pouvais nous écrire de nouveau, effacer des erreurs et revivre certains souvenirs, je ne ferais rien du tout. Je laisserais tel quel ce que l'on a vécu, aussi sombre et triste que cela puisse être, et même si je le pouvais, je ne changerais rien à ce qu'on a vécu.. parce que les plus belles choses ont une fin, et même si on n'était peut-être pas la plus belle des histoires à leurs yeux, elle le restera aux miens. Je ne sais pas si tu liras un jour ces mots, et s'il advient que ce soit le cas, n'oublie jamais qu'un premier amour n'est jamais le dernier et que tu auras toujours cette place spéciale dans le cœur d'une personne

je suis heureuse de t'avoir aimé

j'ai peur de l'amour et de ce qu'il peut représenter, parce que donner son cœur à une personne c'est lui permettre de le briser et c'est ce qu'il a fait. Je ne veux pas d'une autre chute, d'un nouveau naufrage, d'une terrible tempête qui bousillerait tout sur son passage. Je ne veux pas traverser un autre enfer, plus sombre et plus douloureux que les autres, qui finirait par me briser le cœur encore une fois. Je ne veux pas avoir peur de perdre quelqu'un et finir par le perdre quand même. Je suis fatiguée de penser que je n'ai plus le droit d'aimer et d'être aimée, alors que je le mérite. Non, je ne veux plus passer à côté de mes rêves, ni rater des trains, encore moins courir après ma vie pour essayer de la rattraper. Je n'ai pas envie de laisser les souvenirs me voler ce que j'essaie de construire ou d'aimer. Je ne veux plus jamais me perdre dans le temps à cause du passé, de lui, et de tout ce qui m'a brisée

donner son cœur à une personne
c'est lui permettre de le briser..
et c'est ce qu'il a fait

ça a été compliqué de m'en aller, tu sais, ce n'était pas facile de reprendre chacune de mes affaires et de savoir que j'allais devoir te laisser avancer sans moi. Ça été difficile de partir avec tous ces souvenirs que j'ai aimés vivre, partager avec toi et qui me briseront le cœur désormais. C'est douloureux, tu sais, de devoir dire adieu à la personne qu'on aime sans même pouvoir le prononcer, devoir s'écarter d'elle sans rien dire, sans un bruit, s'éloigner dans le fracas d'un silence. Je suis partie avec des bouts de toi que je dépose un peu partout où je vais afin de ne jamais t'oublier parce que si je t'oublie... j'ai peur de ne plus jamais savoir comment aimer. Et j'avance, tu sais, j'avance doucement, petit à petit, avec des plaies qui cicatrisent et des blessures qui continuent de saigner, mais en gardant des tas de souvenirs dans le corps. Parfois, ils caressent mon âme, ils dansent près de moi, mais souvent ils me frôlent le cœur de trop près... jusqu'à le briser je dépose des bouts de toi un peu partout où je vais afin de ne jamais t'oublier, parce que si je t'oublie... j'ai peur de ne plus jamais savoir comment aimer tous les deux on savait qu'on fonçait droit dans un mur et ça ne nous a pourtant jamais empêchés d'accélérer. L'impact était inévitable, certes, mais on a choisi de faire ce qu'on voulait, comme on le voulait, sans se soucier de ce qu'il adviendrait ensuite, seulement de ce qu'on vivait. La chute était prévisible, nécessaire... mais au lieu de se focaliser sur l'atterrissage qui allait nous briser, on a ouvert nos ailes, et on a volé l'un à côté de l'autre. On ne regardait pas où on allait, on n'écoutait pas ce que les autres disaient, on s'en fichait des conséquences de nos choix, on s'en fichait de nos erreurs, de la peur, parce qu'on vivait. On faisait tout sans réfléchir, avec le cœur, avec passion, sans se soucier du mal qu'on pourrait se faire. On agissait de la pire des manières, on se comportait comme deux enfants, comme deux personnes qui s'aiment, on était nous, tout simplement

on a vécu en aimant

on agissait de la pire des manières,
on se comportait comme deux enfants,
comme deux personnes qui s'aiment

je ne sais pas si j'ai la force de réparer tout ce qui s'est brisé dans cette chute, en commençant par moi. Je ne sais pas si j'ai le courage de recoller les morceaux cassés, d'oublier ceux que j'ai perdus et d'en fabriquer de nouveaux pour combler toutes les fissures dans lesquelles s'infiltre le chagrin. Je ne sais pas si l'amour sera assez fort pour apaiser la douleur, pour guérir mes blessures et pour soigner mon petit cœur. Je ne sais pas ce qu'il reste de nous deux à l'heure qu'il est, mais j'ai l'impression d'avoir tout perdu... après avoir tout donné

j'ai l'impression d'avoir tout perdu…
après avoir tout donné

parce que je n'ai pas envie de te dire au revoir, ou pire, te dire adieu... ça me terrifie, c'est comme si on arrachait une partie de moi. Tu es mon pilier, mon amour, mon âme sœur, tu es tout ce que j'ai.. Et je ne veux plus jamais avancer avec ton absence à mes côtés, sans sentir ta main qui tient la mienne et sans jamais croiser ton regard. J'ai besoin de ta présence, de ta voix, de tes mots. Je veux me reconstruire avec toi, dans tes bras, dans un endroit où nos cœurs puissent se reposer tranquillement, qu'ils puissent guérir sans qu'aucune personne ne les piétine, sans que l'un de nous deux ne les fasse tomber sur le sol de nouveau. J'ai envie de recoller tous les morceaux qui se sont brisés, j'ai besoin de faire disparaître toutes ces fissures qui font pourtant partie de nous.. Je veux qu'on trouve la force de cicatriser ensemble.. Parce que moi sans toi, et toi sans moi, ça n'existe pas

parce que moi sans toi, et toi
sans moi, *ça n'existe pas*

mes étoiles,

après avoir tant écrit sur l'histoire qui m'a brisé le cœur, je voulais parler de la nôtre, qui a su m'apaiser, me rassurer, et qui m'a surtout permis de guérir. Je ne sais pas dans quels cœurs j'habite, ni ceux que j'ai brisés. Je ne sais pas dans quels cœurs mes mots et ma voix résonnent, ni tous ceux que j'ai faits pleurer. Je ne sais pas avec qui j'ai ri, ni avec qui j'ai crié, je ne sais pas avec qui j'ai voulu m'effondrer ni avec qui je suis tombée. Je ne sais pas qui m'a permis de trouver la force de ne pas laisser la tristesse inonder mon cœur et je ne sais pas qui m'a donné le courage de ne pas sombrer. Je ne sais pas si mon histoire a su apaiser certaines peines ou au contraire, si mes mots ont pu vous faire du mal. Je ne sais pas qui vous êtes, mais je sais ce que vous avez fait. Alors je remercie les premiers qui m'ont aidée à me relever, tous ceux qui ont essayé de me réchauffer le cœur, et même ceux qui l'ont brisé un peu plus. Je ne sais pas avec qui j'avance, je ne sais pas qui souhaite grandir à mes côtés, mais je suis fière d'avancer avec vous

À mes étoiles qui, dans mon ciel, ne cessent de briller

je ne sais pas dans quels cœurs
j'habite, ni ceux que j'ai brisés

je t'ai ~~trop~~ aimé.

je t'ai aimé de travers, avec maladresse, je t'ai aimé souvent trop fort et parfois pas assez, je t'ai aimé de manière bancale, jusqu'à t'aimer d'un amour complètement instable. Je t'ai aimé comme je le pouvais, avec violence, avec mépris, avec haine et avec rancune. Je t'ai aimé égoïstement, sans accepter que ton cœur puisse battre pour un autre que le mien. Je t'ai aimé en ayant peur, et en souffrant, je t'ai aimé en te détestant. Je t'ai aimé avec des souvenirs qui me brisaient le cœur constamment, je t'ai aimé en bataillant contre le monde tout entier, contre moi-même, et en faisant la guerre au passé. Je t'ai aimé lorsque tu es parti, mais aussi quand tu es revenu, je t'ai aimé toute seule et à ta place, je t'ai aimé pour deux, lorsque tu n'étais pas là, je t'ai aimé même quand tu en aimais d'autres. Je t'ai aimé comme une évidence, de tout mon cœur et de toute mon âme, jusqu'à m'éteindre. Je t'ai aimé simplement, aussi, d'un amour pur et fragile, je t'ai aimé avec douceur, en t'offrant paix et tendresse dans un monde où il n'y en avait pas. Je t'ai aimé sans aucune limite, avec fougue, avec excès, je t'ai aimé avec prudence, avec assurance, et parfois sans jamais rien contrôler. Je t'ai aimé, beaucoup, passionnément, à la folie, je t'ai aimé de loin et de trop près. Je ne t'ai pas aimé de la meilleure des manières, ce n'était pas toujours beau et c'était loin d'être un amour parfait, mais j'ai aimé cet amour plus que tout

je ne t'ai pas aimé de la meilleure des manières, ce n'était pas toujours beau et c'était loin d'être un amour parfait,
mais j'ai aimé cet amour plus que tout

et si je partais, m'en voudrais-tu ?

dis-moi, si je finissais par m'en aller, est-ce que tu maudirais la vie de m'avoir prise si brusquement ? Et est-ce que tu la détesterais ? Dis-moi, est-ce que tu pleurerais, toi aussi ? Est-ce que tu sentirais ton cœur se briser lentement, et est-ce que ça te ferait du mal de savoir que le tien bat toujours... lorsque le mien s'est arrêté de le faire ? Dis-moi, est-ce que le silence parlerait trop de 22h à 5h du matin ? Est-ce que tu aurais parfois besoin de crier, de hurler ? Dis-moi, est-ce que tu en voudrais au monde tout entier, mais surtout à toi le premier ? Puis, est-ce que les regrets finiraient par te ronger, eux aussi ? Est-ce que tu aurais soudainement beaucoup trop de choses à me dire.. sans jamais pouvoir le faire ? Est-ce que mon souvenir deviendrait un fantôme qui te hante ? Qui te manque ? Dis-moi, est-ce que tu rêverais de remonter le temps quelques secondes, pour pouvoir me dire au revoir, mais surtout pour me dire que tu m'aimes une dernière fois... ?

dis-moi, si je finissais par m'en aller, est-ce que tu maudirais la vie de m'avoir prise si brusquement ?

est-ce que tu la détesterais ?

je t'en ai voulu de m'avoir laissée seule dans un monde où tu m'avais promis de rester.. Parce que depuis ton départ, des dizaines de questions tournent en boucle dans ma tête : mais qu'est-ce qu'il s'est passé ? Pourquoi tu n'es plus là ? Pourquoi tu es parti ? Pourquoi tu restes partout ? Pourquoi tu ne m'as pas dit au revoir avant de t'en aller ? Dis-moi, est-ce que ça va ? Où tu es ? Qu'est-ce que tu fais ? Qui tu aimes ? Est-ce que ça te fait du mal, à toi ? Et... Est-ce que je te manque ? Tu sais, j'ai cherché des réponses de partout, dans le regard des autres, dans les bras de certains garçons, contre les épaules de mes amies, sur le quai de la gare, à notre arrêt de bus, et même dans des endroits où nous n'avions jamais posé les pieds. J'ai cherché des réponses sur la tombe de notre amour, en regardant le temps passer, en voyant la vie avancer, en souffrant, en comprenant que le monde continuait de tourner sans m'attendre. J'ai cherché des réponses en regardant le soleil disparaître doucement, sans faire aucun bruit, de la même manière que tu avais quitté ma vie. J'ai cherché des réponses dans le ciel bleu, dans les nuages, et j'ai même demandé à la lune, et aux millions d'étoiles à ses côtés. J'ai cherché des réponses en fixant mon plafond, en pleurant, en hurlant dans mon coussin, et en maudissant la vie de t'avoir pris. J'ai cherché des réponses à chacun de mes réveils, en marchant dehors, en observant les passants, toute seule, dans le froid, en regardant les feuilles tomber et s'écraser sur le sol, comme mon cœur l'avait fait quelques mois plus tôt à cause de toi

j’ai cherché des réponses de partout, mais peut-être
qu’il n’y en a pas.. peut-être que tu ne m’aimais pas
et que c’est pour ça que tu es parti sans te retourner

à trop hanter mon cœur, tu as fini par le briser.. Alors j'ai décidé de partir seule, sans toi, avec des tas de souvenirs qui me bousillent parfois trop et qui continueront de me faire souffrir seulement parce que je refuse de m'en débarrasser. Nos souvenirs m'ont fait rêver, aimer, ils m'ont rendue heureuse, ils m'ont permis de tenir debout dans un monde qui s'écroulait, et je n'ai pas envie d'oublier tout ça. Je me suis perdue dans un univers dépourvu de toi, avec des dizaines de blessures qui portaient ton nom mais qui refusaient de cicatriser, avec beaucoup trop de bleus et une âme à moitié brisée. J'ai été l'un de ces naufragés de l'amour, qui faisait n'importe quoi pour avancer, j'ai cherché à guérir dans le regard des autres, j'ai voulu me noyer dans la douleur, j'ai essayé de t'oublier. J'ai essayé d'aimer un autre cœur que le tien et je l'ai brisé. J'ai été méchante, lâche, j'ai fait des erreurs, j'ai menti à quelqu'un en le regardant droit dans les yeux, j'ai trahi des amis et j'en ai abandonnés d'autres, sans regret. J'ai arrêté d'être celle que tu disais aimer seulement pour que tu arrêtes d'être fier de moi. J'ai fait des mauvais choix seulement pour que tu arrêtes de me regarder comme si on avait encore quelque chose à sauver tous les deux. Je suis tombée tellement de fois sans réussir à me relever, j'ai crié ton prénom en haut d'une falaise, j'ai hurlé à quel point l'absence d'une personne et le manque qu'elle laissait derrière elle pouvaient faire souffrir

et je me suis rendu compte qu'il n'y avait rien de plus
douloureux que d'être *amoureuse* d'un souvenir

mais je n'ai pas envie de t'oublier, toi, nous, ni tout ce qu'on a partagé, les bons comme les mauvais souvenirs, je veux les garder au creux du cœur, et dans un petit coin de ma tête. Je ne veux pas oublier ces tempêtes que l'on a traversées, celles qui nous ont permis de briller, de grandir, de se retrouver, de s'aimer un peu plus fort, mais aussi celle qui nous a séparés. Je ne veux pas oublier ton joli sourire, ni le son de ta voix, le monde qui disparaissait lorsque tu étais à mes côtés. Je ne veux pas oublier que c'est grâce à toi que la vie est devenue supportable et que j'ai même commencé à l'aimer. Je ne veux pas oublier que c'est avec toi que j'ai appris à me donner suffisamment d'amour lorsque j'en manquais. Je veux me souvenir de ces larmes, de ces cris, de ces nuits blanches à n'en plus finir, je veux me rappeler de la peur, de la haine, de tous ces sentiments que j'ai détestés et qui m'ont permis de grandir. Je veux me rappeler de ceux qui m'ont tendu la main, des regards qui m'ont comprise, des mots qui m'ont soulagée, et de toutes les épaules qui m'ont réconfortée. Je ne veux pas oublier que je suis tombée amoureuse de toi, que mon cœur est tombé lui aussi mais qu'il s'est brisé sur le sol et que j'ai eu mal. Je ne veux pas oublier, je ne veux pas t'oublier.. Parce que c'était la plus terrible mais surtout la plus belle des chutes *je ne veux pas t'oublier*

j'ai fait n'importe quoi sous prétexte que j'étais perdue et que je ne trouvais pas ma place dans ce monde. Je me cherchais de partout, dans le regard des autres, sur leurs lèvres, dans leurs bras. J'ai brisé son cœur pour guérir le mien, j'ai été absente lorsque mon amie avait besoin de moi. J'ai fait des erreurs impardonnables, j'ai vraiment fait n'importe quoi. Je tournais en rond, je reculais, je marchais sans jamais aller nulle part, seulement parce que je me sentais seule. J'étais entièrement vide, rongée par la haine et par l'amertume, j'étais en colère contre le monde entier. Je ne savais pas ce que ça faisait d'aimer avant de le rencontrer. Et tu sais, pour la première fois de ma vie, j'ai eu l'impression d'exister quelque part, pour quelqu'un. Il a frôlé mon cœur de trop près et j'ai eu peur, j'ai fui parce que je savais que le perdre allait me faire souffrir, et je ne voulais pas qu'il finisse par me hanter. J'ai été maladroite, mauvaise, et je l'ai abandonné. Ils avaient raison, tu sais, je ne suis pas faite pour ça, les doigts entremêlés, les yeux dans les yeux, les mots tendres. Parce que je ne suis pas faite pour la douceur, pour les **je t'aime,** ni pour l'amour, moi je suis une tempête, tu sais, et une tempête ça ravage tout sur son passage. J'ai été sa tempête et je lui ai brisé le cœur

moi je suis une tempête, tu sais, et une
tempête ça ravage tout sur son passage

j'ai été sa tempête et je lui ai brisé le cœur

c'est vrai... peut-être que je suis passée à côté de la plus belle histoire de ma vie, et que je finirai par le regretter chaque jour. Peut-être que j'aurais dû lui courir après une dernière fois pour tenter de le retenir, pour lui demander de rester avec moi, à la place de le regarder partir sans être capable d'ouvrir la bouche et de dire un seul mot. Peut-être que j'aurais dû lui crier qu'il était l'amour de ma vie et qu'on finirait par se retrouver quelque part, ici ou ailleurs. Peut-être que j'aurais dû lui avouer que je l'aimais encore, que je l'aimais comme avant

peut-être que j'aurais dû lui avouer que je
l'aimais encore, que je l'aimais comme avant

je l'ai aimé, je l'ai aimé si fort, je l'ai aimé de la plus belle des manières, je l'ai aimé à en faire trembler le monde entier et moi la première. Je l'ai aimé jusqu'à ce qu'il me brise le cœur et même après. Je l'ai aimé comme on ne peut aimer qu'une seule fois. Il a été mon premier amour et j'aurais tout donné pour être le sien

je l'ai aimé jusqu'à ce
qu'il me brise le cœur
et même après

j'ai eu peur du temps qui passe, et pourtant c'était le seul à pouvoir m'aider après cette douloureuse tempête. J'ai eu besoin de temps pour accepter que mon cœur continuait de battre, même lorsqu'il était brisé. J'ai eu besoin de temps pour accepter que le monde continuait de tourner même si tu n'en faisais plus partie. J'ai eu besoin de temps pour accepter que tu étais parti, et que je devais laisser cette fin être la dernière. J'ai eu besoin de temps pour arrêter de pleurer ton départ. J'ai eu besoin de temps pour me relever, pour avancer, et pour arrêter de te chercher dans le regard des autres. J'ai eu besoin de temps pour arrêter d'avoir peur des autres, seulement parce qu'ils n'étaient pas toi. Parce que je n'avais pas peur d'aimer après toi, mais j'avais peur de souffrir. J'ai eu besoin de temps pour comprendre qu'on ne guérit pas toujours, et qu'il y a des cicatrices que l'on garde au creux du cœur et sous la peau. Le temps n'a pas soigné mes blessures, mais il m'a appris à les aimer

le temps n'a pas soigné mes blessures,
mais il m'a appris à les aimer

tu sais, la première fois qu'il m'a brisé le cœur, je ne savais pas comment faire taire tout ce qui s'animait en moi. Il y avait un énorme vide qui grandissait chaque jour un peu plus et qui parfois, se remplissait beaucoup trop. Je ressentais des choses que je n'avais pas connues jusqu'ici, et ça me faisait mal de partout. Sans lui, mes journées étaient fades, la vie n'avait plus de couleurs, j'avais l'impression d'être un fantôme. J'avais trop de larmes et trop de sentiments qui débordaient, trop d'émotions que je n'arrivais plus à contrôler. Le pire, c'est que je n'avais personne vers qui me tourner, j'étais seule, perdue, et je n'arrivais pas à en parler. Je me sentais bête de souffrir parce qu'on venait de me lâcher la main, je me sentais minable de pleurer parce qu'on venait de me briser le cœur. Une nuit, un trop plein de tout m'a donné envie de crier, **mais comment on crie avec le cœur** ? Alors, j'ai pris un stylo et j'ai noirci les pages d'un cahier, j'ai écrit mes peines, mon chagrin, la douleur d'un départ, d'une absence, le manque, et la souffrance d'un adieu. Tu sais, cette nuit-là, j'ai vidé mon encre et tout ce que je ressentais. On dit de l'écriture que c'est le cœur qui éclate en silence, mais le mien n'éclatait pas, **il hurlait**

on dit de l’écriture que c’est le cœur qui éclate en silence, mais le mien n’éclatait pas, *il hurlait* tu sais... je crois que je n'ai jamais su te dire à quel point ta présence m'a permis de sortir la tête hors de l'eau au moment où j'avais décidé de me noyer. Je n'avais plus la force de nager dans cet océan de tristesse mais tu es arrivée, tu m'as tendu ta main, et tu m'as dit d'y croire encore, d'y croire plus fort. Tu m'as aidée à lever la tête vers le ciel, à regarder les étoiles à travers les nuages. Tu m'as aidée à sauter dans le vide, à voler, mais surtout, tu m'as permis d'atterrir en douceur. Tu as été l'espoir qu'on n'attend plus et qui pourtant, nous donne toujours la force de se relever. Tu sais, mon monde était magnifique lorsque tu étais là, et même si tu n'en fais plus partie.. tu as laissé des traces que je n'effacerai jamais. Grâce à toi, j'aurais été capable de décrocher la lune, toucher du doigt les étoiles, réaliser mes plus grands rêves, aimer encore une fois. Tout paraissait plus facile quand tu étais à mes côtés. Et maintenant que tu n'es plus là, tout me paraît insurmontable et impossible.. mais j'essaie de ne jamais abandonner, comme tu me l'avais demandé. Merci d'avoir été là, merci d'avoir été toi

tu as laissé des traces
que je n'effacerai jamais

tu es parti en premier. Tu m'as brisé le cœur un nombre incalculable de fois. Tu es revenu avant de fuir de nouveau. Tu as fait des tas d'erreurs, tu ne faisais rien comme il le fallait, même m'aimer, tu ne savais pas le faire correctement. Tu m'as trahie, blessée, menti et je t'ai quand même pardonné. J'ai eu de quoi te détester des centaines de fois. J'avais tout pour t'en vouloir et je ne l'ai jamais fait et pourtant les autres seront toujours meilleures que moi, alors qu'il n'y aura jamais de second toi

pourtant les autres seront toujours meilleures que
moi, alors qu'il n'y aura jamais de second toi

tu sais.. un jour il sera trop tard pour revenir et m'avouer que tu m'aimes de nouveau ou que tu n'as jamais cessé de le faire. Un jour il sera trop tard pour essayer de recoller tous les morceaux qui se sont brisés. Un jour il sera trop tard pour vouloir reconstruire quelque chose avec tous les débris que tu as laissés derrière toi. Oui, un jour il sera trop tard pour pardonner ton absence et ce que j'ai enduré, trop tard pour pardonner les larmes et les nuits blanches que j'ai affrontées. Un jour, il sera trop tard pour nos rêves et pour toutes les promesses que je gardais au creux du cœur. Un jour, il sera trop tard pour chercher à me retrouver, parce que je serai partie loin d'ici, moi aussi. Tu sais, un jour il sera bien trop tard pour allumer une nouvelle fois l'amour qui s'est éteint sous la pluie il y a quelques années un jour il sera bien trop tard pour allumer une nouvelle fois l'amour qui s'est éteint sous la pluie il y a quelques années tu as été ma plus belle et tragique histoire, celle que j'ai aimé lire, écrire, mais surtout, l'histoire que j'ai aimé vivre, que j'ai détesté finir. Tu sais personne ne pourra jamais prendre la place qui porte désormais ton nom. Tout ce qu'on a vécu, ce qu'on a été, et même ce qu'on ne sera plus jamais, je ne pourrai pas l'oublier. Tout ce qu'on a partagé tous les deux, tout ce qu'on a affronté ensemble, tous ces souvenirs sont en moi, et si j'oublie tout, je t'oublie toi.. mais c'est comme si j'arrachais volontairement la meilleure partie de ma vie si j'oublie tout, je t'oublie toi...

mais c'est comme si j'arrachais volontairement
la meilleure partie de ma vie

je me demande si un jour tu reviendras me briser le cœur comme tu sais si bien le faire, ou si cette fois-ci, c'est moi qui te détruirais. Je me demande si tu auras le courage de poser de nouveau un pied dans mon monde, alors que tu l'as dévasté tant de fois. Je me demande si tu reviendras me dire que tu as fait la plus grande erreur de ta vie lorsque tu es parti il y a un an, abandonnant notre amour, m'abandonnant moi, comme si je n'en valais pas la peine. Je me demande si je t'accueillerai avec un sourire, avec les larmes, ou si je serai partie, moi aussi

je me demande si un jour tu
reviendras me briser le cœur

j'ai écrit des centaines de lettres que tu ne liras jamais, seulement parce que je n'ai jamais trouver le courage de te les envoyer. Peut-être que je suis trop timide, ou peut-être que tu ne mérites pas d'être à l'origine de tant de mots. J'ai toujours admiré cette inspiration que tu as fait naître dans ma vie, remplissant alors un trou béant qui grandissait en moi. Tu as fait la pire des choses : tu m'as brisé le cœur, et pourtant, j'en ai fait la plus belle des choses : de l'art

tu m’as brisé le cœur
et j’en ai fait de l’art

j'étais trop différente des autres pour que tu puisses m'aimer correctement, sans me faire de mal. J'étais simple, peut-être un peu trop, et je n'avais pas les mêmes besoins que tout le monde. Moi, la pluie me rendait heureuse, j'aimais le ciel, les nuages, et surtout les étoiles. L'obscurité ne me faisait pas peur, parce que c'est le moment où l'on brille le plus, et à tes côtés, je brillais davantage. Mon monde était petit, peu de personnes y vivaient, tout se passait bien, jusqu'à ce que tu y poses les pieds. J'étais peut-être trop simple pour toi, et tu pensais sûrement que je ne t'apporterais rien, mais j'avais un univers à te faire découvrir avec mes mots et l'océan dans mes yeux, mais au lieu de ça, tu as préféré tout détruire

j’avais un monde à te faire découvrir
mais tu l’as ravagé

la première fois qu'il est parti, j'ai compris ce que voulait dire avoir *le cœur brisé*. C'était des tas de morceaux qui tombaient doucement sur le sol et qui ne seraient plus jamais entiers. Certains prennent chaque bout et tentent de les recoller, et d'autres n'essaient même pas de le faire, et moi je suis restée assise face à mon cœur, sans savoir quoi faire. Je devais faire comme toi, c'est ça ? Reprendre ce que tu avais cassé, et continuer d'avancer ? Pleurer, souffler, et reprendre la route ? Je n'avais ni la force, ni l'envie de faire comme eux, j'avais peur de laisser des petits bouts sur le sol, et me rendre compte par la suite qu'il y a des fissures qui ne pourront plus jamais disparaître. J'avais peur, tu sais, c'était la première fois que j'avais senti mon être tout entier se déchirer, et il n'y avait rien qui me soulageait, ni les larmes, ni les cris, et encore moins les mots des autres. J'étais au sol, comme chaque morceau du cœur que tu avais laissé tomber, et je les regardais, incapable de faire quoi que ce soit. Je pensais qu'un jour je saurais ce que je devrais faire, mais ça fait quatre ans maintenant, et même si tu es revenu pour essayer de recoller tout ce que tu avais brisé, moi, c'était mon âme que tu avais déchirée

la première fois qu'il est parti, j'ai compris
ce que voulait dire avoir *le cœur brisé*

je ne me suis jamais habituée à tes départs, parce que je savais que tu reviendrais toujours, et pourtant, cette fois-ci, tu as dû te perdre, parce que ça fait longtemps que je n'ai pas croisé ton regard partir

revenir

partir

revenir

partir

revenir

partir

revenir

partir

quand est-ce que tu reviens ?

tu sais, j'ai versé des tonnes de larmes et j'ai même failli me noyer, j'ai passé des journées à dormir et des nuits à ne pas fermer l'œil. Je suis sortie constamment, j'ai vu du monde pour éviter de penser à toi, et j'ai fait tout le contraire aussi. Je suis passée dans des endroits inconnus pour ne plus croiser ton souvenir, et j'ai marché dans nos endroits préférés, avant de regarder les silhouettes de nos fantômes rigoler et se moquer de ce que je devenais. J'ai tout fait, absolument tout fait pour éviter de penser à toi ou justement, pour continuer de le faire, et rien de tout ça ne m'a aidée

comment on tourne la plus
belle page de notre vie ?

je n'ai jamais regretté tes départs, parce qu'ils m'ont permis de grandir, de changer, et de savoir qui j'étais. Grâce à toi, j'ai rencontré des tas de personnes qui comprenaient ma souffrance alors que tu ne la regardais même pas. J'ai connu des tas d'épaules sur lesquelles j'ai pu pleurer, et des centaines de bras qui m'ont accueillie. Peut-être qu'à cause de toi j'ai eu très mal, parfois trop, mais j'ai compris ce que c'était d'aimer quelqu'un, et surtout ce que ça faisait de le perdre

avec toi,
j'ai compris ce que c'était d'aimer quelqu'un,
et surtout ce que ça faisait de le perdre

mon monde a du mal à se remettre de la tempête que tu étais. Il ne s'en remettra peut-être jamais. Tu as tout ravagé sur ton passage, sans jamais t'excuser de tout ce que tu laissais derrière toi. Il y avait un univers tout entier qui vivait à l'intérieur, des centaines de voyages et des milliers de secrets que je gardais, et il ne reste plus rien, sauf moi. Je suis restée, je n'ai pas quitté mon monde pour en reconstruire un autre, parce que celui-ci méritait d'être aimé, surtout après les ravages que tu as fait

tu as tout ravagé sur ton passage, sans jamais
t’excuser de tout ce que tu laissais derrière toi

le passé me hantait, tu n'as pas le droit de m'en vouloir, parce que c'est de ta faute, c'est toi qui as fait n'importe quoi avant de me briser le cœur, puis de partir. Tu as répété le même scénario des dizaines de fois, tu n'as pas le droit de me reprocher d'avoir pris mes affaires et d'avoir tenté de sauver les derniers morceaux de mon cœur. Je suis partie, ce n'était sûrement pas la meilleure des décisions, parce que j'ai fini par le regretter, mais je voulais essayer de vivre sans toi, je voulais savoir qui j'étais, tu n'as pas le droit de me le reprocher

je suis partie pour essayer de sauver
les derniers morceaux de mon cœur,
avant que tu le brises encore une fois

qui j'étais avant de te rencontrer ? Qui est-ce que je serais devenue si tu n'avais pas croisé ma route ? Je ne sais pas. Peut-être que je serais restée la fille timide et qui faisait confiance à tout le monde, quitte à se faire trahir de toutes les manières possibles. Peut-être que j'aurais grandi difficilement, en détestant le monde tout entier, et moi la première. Peut-être que j'aurais aimé de nombreuses personnes qui m'auraient permis d'apprendre ce que c'était l'amour fou, celui qui ne ravage pas et surtout, l'amour qui ne brûle pas. Peut-être que les autres auraient continué de me faire du mal seulement parce que ça leur plaisait, et peut-être que je n'aurais jamais eu la force de dire stop à tout ça. Peut-être que je n'aurais jamais réussi à survivre dans cet univers si tu ne m'avais pas tenu la main, peut-être même que je n'aurais jamais voulu avancer et continuer de vivre, parce que c'était l'enfer avant toi parce que c’était l’enfer avant toi

quand tu es revenu, je pensais que tout s'arrangerait, que la vie serait plus belle, et que le soleil arrêterait de me brûler, mais rien ne changeait. Au début, c'était quelques images qui remontaient à la surface, puis tout un tas de sentiments que je voulais oublier. J'avais l'impression de faire du sur place, ou de reculer, alors que je voulais juste avancer sans le passé, parce qu'il m'épuisait doucement et que je n'avais plus la force de le traîner derrière moi chaque jour. Il me rendait triste, il me tirait vers l'arrière, il me faisait tomber. Je vivais entre les souvenirs et le futur, sans savoir ce que je voulais. Tout ce que j'avais affronté revenait me hanter, et ça me brisait le cœur tous les jours. Tant que je tenais ta main, le passé me serrait dans ses bras, et je ne pouvais plus avancer comme ça. À tes côtés, je ne savais plus qui j'étais ni ce que je voulais devenir, je devais partir, je devais m'en aller pour me trouver

quand je t'ai perdu,
je me suis trouvée

je vais finir par croire que ton souvenir ne me quittera jamais, parce qu'il continue de me suivre de partout. Il est près de moi quand je m'ennuie, quand je me repose, quand je souris. Il me regarde quand je rigole, il participe à ma joie, et il est la cause de mes larmes, tard dans la nuit. Est-ce que ton souvenir finira par s'en aller ? Est-ce qu'il me quittera, lui aussi ?

tu as laissé des bouts de toi un
peu partout, et je n'arrive pas
à m'en débarrasser

tu existes trop là où tu ne vis plus

certains remplissent des flaques d'eau avec leurs larmes, j'ai rempli plusieurs océans rien qu'avec notre histoire. C'était des larmes de joie, de tristesse, des larmes de souvenirs, de colère, de rancune. J'avais mille et un sentiments qui n'avaient pas la force de se transformer en mot, alors je pleurais. Je pleurais chaque soir, en espérant qu'un jour, je n'aurais plus la force de le faire, mais quatre ans après, je pleure toujours

je pleurais des larmes de souvenirs
des larmes de toi, de larmes de moi
je pleurais des larmes de nous

il y a des tas de livres à écrire, mais je continuais de relire le nôtre, comme si j'espérais trouver les bons mots pour la fin, sans pour autant chercher à finir cette histoire. Je l'ai aimée autant que toi, et je ne sais pas si je pourrais en écrire une autre aussi belle que triste, aussi douce et tempétueuse que celle que l'on vivait tous les deux. Peut-être qu'au fond de moi, je retarde le point final par peur de ne plus revivre ça, peut-être que je suis terrifiée d'apprendre à vivre sans ton souvenir, sans ces sentiments, sans toi

peut-être que je suis terrifiée d'apprendre à
vivre sans ton souvenir, sans ces sentiments,
d'apprendre à vivre sans toi

je n'ai jamais tourné notre page, parce que je refuse d'écrire sur un autre cœur que le tien. Certains savent parler de tout, ils abordent facilement tous les sujets avec une perfection que je n'aurai jamais. Je préfère la maladresse, écrire avec des larmes, sentir mon âme se briser sous certains mots, plutôt que de parler de choses qui ne font pas battre mon cœur. J'ai écrit des centaines de textes à ton image, des textes frôlant la tristesse, l'amour, la trahison, le manque, ton absence. Pour toi, j'ai écrit des milliers de mots qui pourtant, ne décriront jamais assez tout ce que j'ai vécu, tout ce que j'ai ressenti. Peut-être qu'un jour, je n'arriverai plus à écrire une seule ligne qui parlera de toi, peut-être même que je guérirai de l'amour.. Mais je crois que j'ai peur de ne plus savoir écrire après toi. J'ai commencé à écrire lorsque tu m'as brisé le cœur, peut-être que lorsqu'il sera réparé, il ne battra plus pour les mots

mon cœur bat encore pour
les maux que tu lui as donnés

tu étais comme une vague qui revenait sans cesse vers moi, parfois tu t'éloignais, souvent un peu trop, mais tu revenais toujours. J'ai pris l'habitude de te regarder aller et venir, t'observer partir avant de te voir revenir, je m'y attendais toujours, je savais que tu le ferais.. Mais cette fois-ci, tu es parti, tu as disparu au loin et je ne t'ai plus jamais revu. J'ai longuement hésité à me lever, à partir à ta recherche, quitte à me noyer dans un océan froid qui ne portait désormais plus ton nom, mais j'ai compris que tu venais caresser le cœur d'une autre, et que tu n'allais sûrement jamais revenir frôler le mien tu étais comme une vague qui revenait sans cesse vers moi, parfois tu t'éloignais, souvent un peu trop, mais tu revenais toujours et puis tu reviens six mois après, sans un mot. Tu débarques en pleine journée, en sortant de nulle part, et tu bouleverse tout mon monde. Tu ne peux pas t'empêcher de reposer les pieds dans ma vie, n'est-ce pas ? Comme si tu en avais besoin, comme si tu voulais me rappeler ton existence qui pourtant, ne s'oublie pas. Je ne supporte plus ces allers retours silencieux, qui ne veulent sûrement rien dire et qui pourtant, ont de l'importance pour moi. De nouveau, ton absence devient plus imposante et le manque que tu as laissé derrière toi est soudainement plus douloureux. Pourquoi faut-il que tu choisisses toujours le mauvais moment pour revenir ? Pourquoi j'ai l'impression d'avoir du mal à respirer ? Tu reviens pour repartir, je connais le scénario, je le revis des centaines de fois depuis que j'ai croisé ton regard la première fois. Tu pars, tu reviens, puis tu finis par t'effacer, tu disparais sans laisser aucune trace, et tu redeviens doucement un souvenir

tu es le souvenir qui continue
de me briser le cœur

je viens d'avoir la preuve que tu penses toujours à moi ou du moins, la preuve que tu ne m'as pas oubliée. Je ne sais pas si je suis contente, heureuse, ou très triste. Tout se mélange, et je ne sais plus quoi penser. Tu débarques d'un seul coup et je devrais accepter un retour aussi soudain sans broncher ? Tu es parti du jour au lendemain, sans dire un seul mot, et j'ai traîné ton silence derrière moi depuis tant de temps. Pourquoi tu réapparais maintenant ? Et pourquoi ça me fait si mal ? Pourquoi des tonnes de questions se bousculent dans ma tête et pourquoi j'ai terriblement envie de t'envoyer un message pour savoir ce qui t'est passé par la tête pour faire ça ? Je te connais depuis tant d'années et je ne comprends toujours pas certains de tes choix. Tu veux me blesser ? Me rappeler ton absence ? Me rappeler que tu as choisi la facilité plutôt que de te battre pour nous sauver ? Qu'est-ce que tu veux, et pourquoi tu fais ça ?

on se retrouvera toujours quelque part

peut-être que j'aurais préféré que tu ne reviennes pas, que tu ne reviennes jamais. Peut-être que j'aurais aimé que tu restes là où tu as l'air si heureux, plutôt que revenir jeter un coup d'œil dans ma vie, pour voir ce qui s'y passe sans rien dire. Tu m'observes sans ouvrir la bouche, et je suis censée accepter ce silence qui n'a pourtant aucune explication

peut-être que j'aurais préféré
que tu ne reviennes pas

j'essaie d'écrire des nouvelles pages de ma vie, sans relire celles qui parlaient de notre histoire, et pourtant, tu continues d'apparaître au fil du livre, même si tu n'en fais plus partie. Comment expliques-tu ta présence, alors que tu n'es pas là ? Pourquoi tu continues de vivre partout sauf près de moi ? Je ne sais plus quoi faire pour t'empêcher de jouer à cache-cache dans ma vie, je ne supporte plus les déceptions, les faux espoirs, et de savoir que tu vas sûrement revenir me briser le cœur, encore une fois

tu vis dans une histoire
qui ne parle pas de toi

quand je me sens seule, je lève ma tête vers le ciel et je me rappelle que tu as la chance de pouvoir le voir toi aussi, alors ça me rassure. Tu peux apercevoir le même soleil, observer les mêmes nuages et admirer les mêmes étoiles. Peut-être même que tu penses à moi lorsque tu les regardes apparaître. Chaque soir je contemple cette vaste étendue bleue afin de t'y retrouver. Parfois, je pleure, souvent je souris. On vit dans le même monde, à deux endroits différents, loin l'un de l'autre et pourtant si proches à la fois

les étoiles sont faites pour briller, j'espère
que tu n'as jamais cessé de le faire

j'aurais aimé être celle qui partage ta vie, tes rêves, mais je suis celle qui, désormais, existe dans le passé. Je n'aurais jamais cru devenir le fantôme de quelqu'un, et surtout le tien. Je voulais marcher à tes côtés, grandir avec toi, accomplir des tas de choses en te tenant la main, malheureusement, je dois le faire seule. Je dois continuer de tracer un chemin qui ne croisera plus jamais le tien, parce qu'il l'a trop fait

je voulais être ce souvenir
qu'on n'oublie jamais

il y a des soirs où les mots viennent seuls, sans frapper, ils entrent et se mélangent à mes larmes, remplissant des tas de feuilles, pendant des heures. Je passe certaines nuits à écrire des lettres qui ne seront jamais lues, seulement pour apaiser mon cœur qui est sur le point de se briser à chaque fois que je pense à toi. Ton souvenir me hante beaucoup trop et je ne sais pas comment m'en débarrasser. J'ai besoin de me rappeler de toi, de ce qu'on était, mais parfois, ça ouvre de nouvelles plaies, sans jamais refermer les anciennes. Je dois panser des tas de blessures qui portent ton nom, seulement parce que tu m'as fait découvrir l'amour, et la perte

mon cœur est sur le point de se briser
à chaque fois que je pense à toi

une lettre brouillon, qui porte ton nom

mais comment tu as réussi à avancer sans te faire mal ? Comment tu as fait pour passer à autre chose aussi facilement ? Comment tu as pu me remplacer avec la première venue, sans ciller ? Tu as tourné notre page si vite, sans que je n'ai le temps de comprendre certains choix que j'ai seulement dû accepter. J'en ai souffert, tu sais, et j'ai l'impression de n'avoir fait que ça, avec toi, souffrir, pleurer, avoir mal, me relever. Je tombais à longueur de journée, à cause de tes mots, de tes actes, et je savais que je ne pourrais jamais avancer tant que tu étais là.. Pourtant je suis partie, je suis partie loin, pour tenter d'apaiser certains démons qui revenaient en même temps que toi, pour guérir plusieurs blessures qui ne cessaient de s'ouvrir dès que tu les touchais. Je ne savais plus quoi faire pour aller bien, alors j'ai été obligée d'être celle qui part, pour la toute première fois.. Et je pensais que ça irait mieux, que j'arriverais à fermer la porte du passé, afin de laisser certains fantômes de l'autre côté. Je pensais qu'en revenant, je n'aurais plus aussi mal, et que j'apprendrais à avancer correctement, à tes côtés. Je pensais que j'allais réussir à t'aimer sans me rappeler du passé constamment, et je savais que tu m'attendais, que tu allais me tenir la main de nouveau. Je gardais tes mots près de mon cœur, et je m'y accrochais pour trouver le courage de laisser certaines images là où elles auraient dû rester. Et savoir que tu serais là me donnait tellement de forces, parce que je ne pouvais pas réussir à dire au revoir à autant de souvenirs d'un seul coup, toute seule... Mais tu ne m'as pas attendue, contrairement à ce que tu m'avais dit, promis. J'y ai cru, tu sais, je m'y attachais, à ces douces promesses qui étaient beaucoup trop belles pour être vraies.. Et j'ai eu mal, en revenant sans te retrouver. Tu ne m'avais pas attendue, alors que j'avais dû le faire durant des années. J'avais accepté et surtout enduré tes départs, tes absences, et ton manque. Je n'avais pas eu le choix, je t'aimais, et ça en valait la peine, tu en valais la peine. Je t'avais choisi. Je te voulais. Je t'aimais. Tu disais m'aimer, tu disais vouloir avancer avec moi, vouloir grandir à mes côtés, et pourtant, tu as pris le premier train qui se présentait, tu es monté à l'intérieur pour t'éloigner de moi, parce que tu souffrais. Je n'ai toujours pas compris pourquoi ça avait été aussi dur de m'attendre quelques semaines, alors que tu savais que j'allais revenir, que je ne pouvais pas vivre sans toi. Peut-être que pour la première fois de ma vie, j'ai eu le courage de partir, de m'en aller, pour me libérer d'un certain poids, celui du passé.. Mais peut-être que tu as eu peur que je ne finisse par ne jamais revenir, parce que c'était la première fois que je te disais au revoir tu reviens à chaque printemps, lorsque le ciel redevient bleu, et que le soleil brille un peu plus. Tu reviens dès que le froid et les feuilles mortes sont partis, mais, tu sais, j'ai toujours préféré les mauvaises saisons, parce que j'en suis une, moi aussi. Tu me connais, tu es tout ce que je ne suis pas, et pourtant, tu ne peux pas t'empêcher de revenir pour recoller certains morceaux qui, au fil du temps, n'ont plus la force d'être touchés. Tu sais, je t'ai laissé croire que tu étais l'amour de ma vie, et que ni le temps, ni le monde n'arriveraient à faire disparaître cet amour que j'avais pour toi, mais pourtant, je n'ai plus le courage de continuer de t'aimer. J'aurais tout fait et tout donné pour notre amour, parce que je savais qu'il en valait la peine, mais tu ne m'as jamais montré que moi, j'en valais la peine. On ne s'est jamais battus pour moi, on ne m'a jamais attendue. Et tout ça, cette relation, ce lien, chacun de tes départs, ça m'a fait trop de mal, tu m'as fait trop de mal, et je n'ai plus le courage de combattre la tempête de sentiments que tu fais naître à chaque fois que tu décides de t'en aller, lorsqu'il recommence à pleuvoir

nous sommes deux étoiles,
tu brilles le jour et moi la nuit

tu ne quittes jamais réellement mon cœur, alors que tu le devrais. Tu le devrais parce que tu es sorti de mon monde, de ma vie, tu as continué de marcher sans moi. Tu devrais être déjà loin de moi, et ne plus être un fantôme qui me hante plus souvent que je ne veux l'admettre. Tu devrais disparaître, tu devrais arrêter d'être là et de me suivre partout où je vais

tu traverses beaucoup trop mon esprit pour
quelqu'un qui ne fait plus partie de ma vie

peu importe si je n'étais pas parfaite, si j'étais trop maladroite, fragile, ou si je ne savais pas t'aimer de la bonne manière. Peu importe si les mots n'en disent jamais assez ou toujours trop, et que je ne savais pas les utiliser. Peu importe que le temps nous ait dépassés, éloignés, puisqu'il nous a séparés. Peu importe si je t'ai fait du mal, parce que tu l'as fait des centaines de fois. Peu importe si la vie n'est pas toujours belle ou facile, peu importe s'il ne fait pas toujours beau et qu'il pleut souvent. Tu sais ce qui m'importait plus que tout ? C'est que j'avais l'impression d'exister, quand tu étais là

j'existais
quand tu étais là

non, je ne t'en voudrais jamais, même si j'ai essayé de le faire, parce que c'était plus facile. C'est toujours plus simple de passer à autre chose, de tourner des pages et d'oublier, si la haine et la rancœur commencent à s'installer.. Mais j'avais beau avoir toutes les raisons de t'en vouloir, de te détester, je n'ai jamais réussi à te haïr pour ce que tu m'avais fait

j'avais toutes les raisons de t'en vouloir
mais je ne l'ai jamais fait

on avance, on grandit, on brise
des cœurs, on tourne des pages.

je voulais avancer à tes côtés, grandir avec toi, je ne voulais pas avoir le cœur brisé, ni te voir tourner notre page. Pourtant, j'ai connu des nuits plus sombres que blanches, les yeux océans, la vie fade, triste, et la vie sans toi. J'ai rencontré des personnes juste pour essayer de te remplacer, je me suis plongée dans le regard des autres pour oublier le tien, j'ai trahi des promesses pour ne plus penser à celles que tu avais laissées tomber. J'ai fait n'importe quoi pour que tu sortes de ma tête, mais rien n'a marché. Ça fait quatre ans que je suis amoureuse d'un souvenir, que je traîne le passé derrière moi, un fantôme dans le cœur

je suis encore amoureuse
de l’ancien toi

il y a des jours où j'ai envie d'arracher ton prénom de ma mémoire, afin qu'il disparaisse de mon cœur. Parfois, c'est si douloureux de me rappeler de toi, de tout ce que tu étais, et de me rendre compte que tu existes toujours beaucoup trop. Le temps n'atténue toujours pas la douleur que porte ton souvenir, et ça me fatigue de lutter contre ton fantôme comme s'il était une maladie

l’amour est une maladie
dont on refuse de guérir

on m'a dit que le temps arrangeait toujours tout, et je continue de répéter cette phrase débile chaque jour. Le temps ne m'a toujours pas aidée, au contraire, plus il avance, plus il me montre les erreurs que j'ai faites et les choix que j'aurais dû prendre. Pourquoi ne m'aide-t-il pas à avancer ? À oublier ? À remplacer ? J'ai besoin de ne plus marcher près de certains fantômes et d'arrêter de me souvenir de certains prénoms

j'ai besoin d'oublier certains prénoms,
en commençant par le tien

je ne comprends pas pourquoi tu restes dans l'encadrement de la porte au lieu de la passer et d'entrer encore une fois dans mon monde. Tu sais, je n'ai pas peur de ton retour, ni de tout ce que ça engendrerait par la suite. Je suis habituée à te laisser une place dans ma vie, qui reste pour toi. Et, je n'ai pas peur de devoir affronter ton départ non plus, j'en ai connus bien d'autres avant, ne t'en fais pas. J'ai supporté tes allers retours pendant quelques années, alors encore une fois, crois-moi, ça ne changerait rien du tout. Mais si je déteste encore plus une chose que de te regarder partir, c'est de te voir à l'entrée, sans savoir si tu vas faire ce dernier pas pour me parler

viens me dire bonjour et serre-moi
dans tes bras une dernière fois

peut-être que je me suis trompée, peut-être même que je me suis fait de faux espoirs beaucoup trop rapidement, et que lorsque ça te concerne, je suis toujours vite déçue. Je ne m'attends plus à rien de toi et pourtant, tu arrives quand même à me faire du mal. Par de petites actions qui, pour toi, n'ont aucun impact, tu réussis à faire naître en moi tout un tas de sentiments que j'ai refoulé pendant tellement de temps. Je refuse de voir certaines émotions, certaines envies refaire surface, elles m'ont hantée pendant tellement de temps, qu'elles finiraient par me briser une énième fois

les faux espoirs m'ont brisé le
cœur autant de fois que toi

j'ai peur de t'avoir dit au revoir définitivement, et de ne plus jamais croiser ta route. J'ai peur de t'avoir regardé pour la dernière fois, et qu'il n'y en ait pas des dizaines d'autres par la suite. J'ai peur de ne pas t'avoir assez dit que je t'aimais, et que tu finisses par penser que j'ai cessé de le faire. J'ai peur que tu continues d'avancer en m'oubliant doucement, jusqu'à ne plus te souvenir de celle que j'étais, de la manière dont je t'aimais, et que tu ne te rappelles plus de ce qu'on était. J'ai peur d'avoir manqué quelque chose, d'être passée à côté de nous, d'être partie quand il ne le fallait pas, et de ne pas être revenue à temps *j'ai peur que cette fin soit la dernière*

tu as fermé le livre qui contait notre histoire, sans écrire la fin, c'est donc ça, ce qu'on mérite ? Une histoire qui n'a pas de point ? Une histoire qui n'a pas réellement vécu ? Je savais que certains livres se finissaient mal, tragiquement, d'un seul coup, sans que personne ne s'y attende.. Mais je pensais que le nôtre aurait la chance d'avoir une suite, ou au moins, une fin notre histoire n’a pas de fin

ça fait bientôt un an que je t'ai lâché la main et que tu as décidé de partir, toi aussi. Aucun de nous n'est resté, cette fois-ci, et quand je suis revenue, le feu avait cessé de brûler.. Peut-être qu'on n'en a jamais pris assez soin, et qu'être seul ne suffisait pas à le garder en vie. Je suis triste de voir que tout ce qui reste de notre histoire est un tas de cendres sur le sol. J'aurais aimé garder les sourires, les photos, les moments drôles et joyeux, en oubliant la tristesse, le manque et l'absence, et c'est pourtant tout ce qu'il reste de nous aujourd'hui

il faut prendre soin de l’amour,
même lorsqu’il est en train de s’éteindre

peut-être qu'il faut que j'apprenne à te détester, comme toutes les personnes que j'ai croisées, afin que ton souvenir cesse de me hanter. Peut-être qu'il faut que je déchire chaque page de notre histoire, afin de les laisser se consumer, pour réussir à aller mieux, pour t'oublier. Peut-être qu'il faut que j'arrête de me souvenir de tout ce qui te concerne, afin d'avancer correctement, en arrêtant de me tourner vers le passé. Peut-être qu'il faut que je commence à accepter que notre histoire s'est finie il y a quelques années et que parfois, certains livres ne méritent pas de suite

le tome 1 de notre histoire
n’aura jamais de suite

peut-être que je dois partir à l'autre bout du monde, tracer de nouvelles routes, croiser d'autres personnes, afin de ne plus sentir ton prénom et tes mots me briser le cœur. Peut-être que je dois aller ailleurs, loin de tout, afin de ne plus croiser ton fantôme et nos souvenirs, parce qu'ils continuent de me faire du mal. Peut-être que je dois aller vivre là où tu n'as pas existé, un endroit calme et où ton amour n'a rien détruit. Peut-être que je pourrais me reconstruire, apprendre à me retrouver, à aimer une nouvelle fois, si tu n'es plus là

je dois apprendre
à aimer sans toi

je ne sais pas si j'ai bien fait de partir, et je sais que je finirai par le regretter un jour ou l'autre, c'est certain. Malheureusement, j'avais besoin de me retrouver, de savoir qui j'étais sans toi, parce que je m'étais perdue la première fois que je t'ai rencontré. J'ai vécu dans un monde qui n'était pas le mien pendant plusieurs années, et je devenais quelqu'un que je n'étais pas, que je n'aimais pas. Je n'étais plus la fille dont tu étais amoureux, ni celle que tu avais connue, il fallait que je redevienne quelqu'un que j'étais fière d'être, mais je n'y arrivais pas à tes côtés

avec toi,
je suis devenue tout
ce que je n'étais pas

tu sais, je ne trouve même plus les mots pour te dire à quel point j'ai eu mal lorsque je t'ai vu partir. Il y a un énorme vide qui grandit depuis la première fois que tu m'as lâché la main, et je n'arrive pas à le combler. J'ai tenté de ne plus y faire attention, et même d'y penser un peu trop, j'ai laissé d'autres garçons essayer de le remplir, j'ai voulu le faire moi-même, mais rien ne marchait. Et puis tu es revenu, et il restait là, sans jamais disparaître. Au contraire, il continuait de grandir, et je ne savais plus quoi faire. Alors je suis partie, afin d'essayer de l'effacer en me retrouvant seule, sans toi, loin de tout ce qu'on était

je ne savais pas qu'aimer pouvait me
briser le cœur avant que tu le fasses

est-ce qu'un jour, on arrivera à s'oublier ? À arrêter de revenir l'un vers l'autre ? Est-ce qu'on arrivera à être heureux avec d'autres personnes, à aimer d'autres cœurs ? Tu restes une évidence, un choix, un rêve, et pourtant, j'ai l'impression que nous ne serons jamais faits pour être ensemble. On ne cesse de se croiser, on essaie de s'aimer correctement, mais c'est comme si tout nous empêchait d'être heureux tous les deux. On s'en va, on revient, on regarde l'autre avant de repartir

la bonne personne au mauvais moment
ou
la mauvaise personne au bon moment ?

je pensais que tomber amoureux était la chose la plus simple et la plus douce à faire, et pourtant ça reste une chute. On tombe, et souvent ça fait très mal. On tombe, et parfois on n'arrive pas à se relever. Lorsque je suis tombée amoureuse de lui, c'était une très belle chute, la plus merveilleuse. J'ai découvert la vie avec un nouveau regard, il y avait des endroits plus colorés, plus joyeux, et je pouvais apprendre à aimer de nouvelles choses, avoir d'autres rêves et aussi les réaliser. Je me sentais plus grande, plus forte, comme si rien ne pouvait m'atteindre. Je volais, je riais, j'étais heureuse et pourtant, je suis tombée. Je suis tombée quand je m'y attendais le moins, et ça m'a brisée en mille morceaux. Lorsque j'ai touché le sol, j'ai eu si mal que je pensais ne jamais pouvoir me relever, et pourtant, j'ai essayé. J'ai essayé pendant des jours, des nuits, des semaines, pendant des mois entiers. J'ai essayé de me relever et de me remettre, mais aussi d'avancer, et pourtant j'ai l'impression que je ne vais jamais réussir à me remettre debout

la chute m’a brisée en mille morceaux,
et je n’ai jamais su les recoller

guérir de toi, est-ce que c'est possible ?

parce que j'ai l'impression que je n'arriverai jamais à être soignée de cet amour, de cette histoire, de nous, de toi. J'ai l'impression que tu es une blessure qui refuse de cicatriser, qui ne veut pas disparaître. Est-ce que tu continueras de brûler ? De me faire mal ? De saigner ? Je n'ai pas envie de voir cette plaie s'infecter à chaque fois qu'une autre personne tentera de la soigner, je n'ai pas envie de devoir vivre avec elle toute ma vie. J'ai essayé d'en prendre soin, de l'aimer, de la laisser se reposer, mais pas même le temps n'y change quelque chose ou réussi à la guérir

la blessure que tu m’as laissée,
refuse de cicatriser

tu m'as fait découvrir ce que c'était l'amour, de a à z, du bonheur à la tristesse, l'amour fou et celui qui brise un cœur. Tu m'as appris à aimer une personne et ses défauts, tu m'as appris à avoir tort et à pardonner. Tu m'as appris à ne pas être rancunière et à laisser certains souvenirs dans le passé. Tu m'as appris à être plus forte mais aussi beaucoup plus fragile. Tu m'as appris à être heureuse, à tenir la main de quelqu'un et d'accepter qu'il puisse nous faire sourire. Tu m'as appris tellement de belles choses mais tu m'as aussi fait vivre les pires. À cause de toi, j'ai connu la souffrance, la perte, l'abandon, la nostalgie et l'absence. Je ne sais pas si je dois te détester de m'avoir fait ressentir tellement de trucs avant de me les enlever si soudainement. Je ne sais pas si je dois te remercier de m'avoir permis de vivre ou te détester d'avoir eu l'impression de mourir

il m’a appris à aimer,
mais jamais à arrêter
de le faire

parfois, je me demande comment je serais devenue si je ne t'avais pas rencontré, si je n'avais jamais croisé ta route, et si tu ne m'avais pas bousculée sur ton passage. Parfois, je me demande si la vie aurait été plus belle, ou si elle aurait fini par devenir un immense océan de tristesse, même sans toi. Parfois, je me demande la personne que tu aurais été si tu ne m'avais jamais aimée, si tu aurais fait les mêmes erreurs, les mêmes promesses à un autre cœur. Parfois, je me demande si tout n'aurait pas été plus simple, si nous deux n'avait jamais existé

qu'est-ce qu'on serait devenus,
si on ne s'était jamais aimés ?

tu sais, depuis que tu ne marches plus à mes côtés, tout paraît différent, comme si la vie n'avait pas le même sens. Les odeurs ne sont plus aussi douces, le temps n'est plus aussi calme, le monde a perdu ses couleurs. Tu sais, maintenant j'ai l'impression de tourner en rond, sans jamais avancer ni aller nulle part. Je reste debout au même endroit depuis des années, sans avoir la force ni l'envie de continuer mon chemin toute seule. J'avais l'habitude d'être à tes côtés, d'être protégée des dangers, des cauchemars et de tout ce qui n'allait pas. J'oubliais la douleur, la peur, et tout ce qui me hantait. Lorsque je tenais ta main, tout semblait facile, comme si rien ne pouvait m'atteindre, et depuis que tu n'es plus là, c'est comme si toute la beauté du monde avait disparu avec toi

le monde tourne en rond
comme moi depuis que tu n'es plus là

je ne sais pas si mon cœur guérira
de la blessure qui porte ton nom

tu sais, mon cœur a énormément souffert de l'amour que tu lui portais. Au début, c'était seulement quelques égratignures, plusieurs fissures que je finissais toujours par oublier.. Mais lorsque j'ai senti mon cœur se briser d'un seul coup, je ne pouvais plus faire semblant. Je souffrais à cause de nous, et ça ne pouvait plus continuer comme ça.. Alors tu es parti, et j'ai eu mal, j'ai eu si mal que j'ai voulu m'arracher le cœur. C'était si douloureux que je voulais tout faire pour voir cette blessure disparaître. J'ai essayé de trouver d'autres personnes pour la soigner, afin de me soulager de toi ne serait-ce que quelques minutes. J'ai essayé de la panser du mieux que je le pouvais, j'en prenais soin, je faisais attention à tout.. mais elle continuait de saigner. La blessure de notre amour s'est ouverte tant de fois qu'elle n'a plus jamais voulu cicatriser. Elle me brûle chaque jour, et ne semble pas vouloir se refermer. Peut-être qu'inconsciemment, je ne veux pas qu'elle disparaisse, parce que c'est la seule chose que tu m'as laissée et qu'il reste de toi est-ce que je vais guérir de toi ?

avec toi, tout semblait facile, doux, beau, tout semblait parfait, comme si le monde était un océan calme sur lequel chaque navire pouvait voyager. Avec toi, j'ai appris à ne plus avoir le mal de mer, et j'ai décidé de fuir pour apprendre ce que c'était de vivre réellement. Avec toi, j'ai accepté, pardonné, choisi, ce que j'avais toujours eu du mal à faire. Avec toi, j'ai découvert d'innombrables choses que je ne connaissais pas : la tendresse, la prudence, l'amour, mais aussi la peur de perdre quelqu'un. Avec toi, je savais ce que je voulais, j'avais des rêves, des envies, et surtout de l'espoir, je savais que j'allais m'en sortir. Avec toi, je me sentais forte, je me sentais moi, et surtout, je me sentais bien. Avec toi, j'avais des papillons dans le cœur et des étoiles dans les yeux, j'en étais une moi aussi, et je brillais. Je brillais d'amour, et je brillais pour nous

tu es l’étoile que j’ai choisie
de regarder chaque nuit

j'ai peur, tu sais, j'ai peur d'avoir fait n'importe quoi. J'ai peur d'avoir fait les mauvais choix, de m'être trompée de chemin et d'avoir fini par me perdre. J'ai peur d'avoir écouté ma tête au lieu de suivre mon cœur, et d'avoir pris la pire des décisions. J'ai peur d'avoir abandonné tout ce que j'aimais et tout ce que je connaissais pour un monde inconnu. J'ai peur de bâtir une vie dans ce nouvel endroit sans mes repères, sans mes piliers, sans toi. J'ai peur que le passé finisse par revenir même là où il n'a pas existé, et que toi, tu ne me retrouves jamais est-ce que tu viendras me chercher ?

pourquoi ? Pourquoi tu restes encore là, dans ma tête, sans jamais t'endormir ? Pourquoi ton prénom hante encore mon cœur alors que tu as quitté ma vie ? Pourquoi tes mots résonnent toujours, pourquoi ta voix m'effraie et pourquoi ton absence laisse autant de traces ? Pourquoi ton fantôme me suit partout, comme si lui n'avait pas envie de s'en aller ? Pourquoi ton souvenir ne s'efface pas avec le temps ? Pourquoi tu restes là, pourquoi tu ne disparais jamais ?

pourquoi je n’arrive pas à t’oublier ?

peut-être que j'étais beaucoup trop maladroite pour prendre soin de ton cœur correctement. Peut-être que j'étais trop renfermée pour te montrer que je t'aimais, peut-être que je n'avais ni les bons mots pour te le dire. J'étais peut-être trop exigeante, peut-être même que j'en demandais toujours trop et que je n'en faisais pas assez. J'étais peut-être trop froide pour te montrer l'amour qui brûlait en moi, pour toi. J'étais peut-être trop si, pas assez ça, mais tu sais, je t'aimais, peu importe la manière, peu importe si ce n'était pas parfait, je t'aimais, et c'était le plus important

qu’est-ce que j’aurais pu
faire de mieux que t’aimer ?

ça me fait mal de me souvenir de tout, de nous, de toi. Ça me fait mal de me rappeler ce qu'on vivait, sans réussir à tourner la page du passé. Je ne sais pas comment faire pour avancer, pour passer à autre chose, pour oublier. Je ne sais pas comment accepter, comment pardonner, comment m'en aller. J'étais habituée à ce que tu apportais dans ma vie, que ce soit par ta présence, et même par ton absence. J'ai du mal à imaginer vivre sans tout ce que j'ai connu grâce à toi, ce tas de sentiments, ce paquet de maux, ce sac de souvenirs. Je ne sais pas si tout ce que je ressens à ton égard finira par disparaître de la même manière que tu es parti, mais ça me terrifie d'imaginer un monde où ce qui vit en moi cessera de le faire

je refuse de vivre dans un
monde où tu n’existes pas

non, je ne t'en voudrais jamais d'avoir cessé de m'aimer et d'en aimer une autre, encore moins d'avoir lâché ma main pour tenir la sienne. Je ne t'en voudrais jamais d'avoir choisi la facilité plutôt que d'attendre ce que tu voulais réellement. Je ne t'en voudrais jamais d'avoir tourné si vite notre page et d'en écrire des centaines avec elle, ni de lui répéter les mêmes promesses que tu n'as jamais su tenir avec moi. Non, j'ai cessé de chercher à te remettre la faute dessus, il faut être deux pour faire fuir l'amour. On s'est brisés le cœur tous les deux, mais toi tu recolles tes morceaux avec une autre alors que j'essaie de me débarrasser des tiens depuis trop longtemps

je t’ai dans la peau,
dans le cœur et dans l’âme

on n'a qu'une seule vie et j'ai eu l'impression de le découvrir seulement lorsque je t'ai rencontré. On n'a qu'une seule vie et j'ai commencé à en profiter quand je suis tombée amoureuse de toi. On n'a qu'une seule vie et je l'ai compris quand j'ai perdu des tas de personnes que je ne croiserai sûrement plus jamais. On n'a qu'une seule vie et j'ai compris qu'elle était précieuse lorsque je t'ai vu partir. On n'a qu'une seule vie et j'ai peur de ne pas faire les bons choix, de marcher au mauvais endroit, de faire des tas d'erreurs impardonnables. On n'a qu'une seule vie et je ne sais pas si j'arriverai à la vivre correctement. On n'a qu'une seule vie et j'ai l'impression de passer à côté de la mienne lorsque tu n'es pas là

j'ai l'impression de passer à côté de ma vie
depuis que tu n'en fais plus partie

avec le temps, j'ai accepté que certaines personnes n'étaient que de passage et que d'autres continueraient de vivre en nous, même si elles ne sont plus là. Avec le temps, j'ai compris que certaines blessures ne cesseraient jamais de brûler, seulement pour qu'on ne les oublie pas. Avec le temps, j'ai appris que les cicatrices ne sont pas toujours visibles, et que d'autres pouvaient s'ouvrir éternellement, sans jamais guérir

il y a certaines personnes qui continuent de
vivre en nous, même si elles ne sont plus là

tu sais, ton prénom traverse toujours mon esprit, mais il ne me brûle plus le cœur de la même manière. Oui, penser à toi ne me fait plus aussi mal qu'avant, mais je ne t'oublie pas pour autant, même si parfois, j'aimerais. Oui, j'aimerais oublier quelques secondes ton existence et pouvoir relever la tête hors de l'eau pour respirer, pour me rappeler de ce qu'était la vie avant toi. Il m'arrive de me dire que tout serait plus simple et moins douloureux si je n'avais jamais croisé ta route, mais peut-être que je ne serais jamais tombée amoureuse non plus. Tu sais, parfois j'ai beau regretter l'impact et l'importance que tu as eu dans ma vie, je ne regretterai jamais de t'avoir aimé

qu'est-ce que c'était beau,
d'être tombée amoureuse de toi

je me demande si un jour viendra où les mots n'existeront plus pour parler de toi, de nous, et de tout ce qu'on a vécu. Je me demande si la douleur ne sera plus aussi vive et si elle ne suffira plus pour que j'écrive sur notre histoire. Je me demande si nos souvenirs et tout ce qu'on a partagé finiront par s'effacer et se perdre dans le temps, sans plus jamais croiser notre chemin. Je me demande si je finirai par oublier ton sourire, la couleur de tes yeux et l'amour que tu me portais. Je me demande si un jour viendra où le temps aura filé en laissant le passé beaucoup trop loin derrière moi pour que je puisse continuer de le regarder

je me demande si on
finira par s'oublier

personne n'a compris pourquoi j'ai lâché ta main et pourquoi je suis partie. Personne n'a compris pourquoi j'ai continué de marcher seule, sans toi, alors que je t'aimais. Personne n'a compris pourquoi je n'arrivais plus à respirer près de toi, ni tout ce qui m'a poussée à m'en aller. Personne n'a compris pourquoi j'ai choisi de prendre mes affaires et de m'éloigner de tout ce qu'on avait vécu. Personne n'a compris que le passé continuait de me hanter malgré tous mes efforts pour le mettre de côté. J'ai essayé de me débarrasser de lui, et même de lui faire une place, mais rien n'y faisait, il me faisait toujours souffrir. Je marchais avec des fantômes autour de moi, qui me rappelaient constamment tes erreurs et ce que j'avais affronté. Je n'avais plus la force de supporter les mêmes douleurs, les mêmes images, les mêmes mensonges. Je n'avais plus le courage de voir ma vie voler en éclats à cause de l'ancien toi

je suis restée et je suis partie,
j'ai souffert dans les deux cas

depuis qu'il n'est plus dans ma vie, j'ai l'impression d'avoir perdu quelque chose que je ne retrouverai jamais. C'est donc ça, avoir perdu quelqu'un que l'on aime ? Le regarder s'en aller avec des morceaux de nous que l'on ne retrouvera plus jamais ailleurs ? Des morceaux que personne ne pourra remplacer ? J'ai l'impression que je ne ferai jamais le deuil de ce que je n'ai pas pu sauver, et c'est terrifiant

mon cœur s'est brisé en mille morceaux
et j'en ai perdus des centaines

peut-être que je suis condamnée à vivre avec ce trou béant dans ma poitrine, pour ne jamais t'oublier. Peut-être que je devrais marcher avec des souvenirs qui continuent de me briser le cœur et des fantômes qui dansent autour de moi. Peut-être que je ne suis pas faite pour aimer de nouveau, parce que cette fois-ci, ça me briserait entièrement depuis toi, je ne sais plus aimer

il était différent, un peu à part, il était tout ce que je n'étais pas. J'avais trouvé en lui tout ce qu'il me manquait, et tout ce que je n'avais pas la force d'être. Il était un monde à lui tout seul, un univers dans lequel j'aimais vivre. Il était un océan dans lequel j'aimais me baigner, me plonger. J'aimais ce qu'il était, ce qu'il m'apportait. Tout de lui était exceptionnel, et je savais que je ne retrouverais jamais un deuxième lui. Il était unique. Il était une tempête, une tempête que j'aimais regarder, une tempête près de laquelle je me suis trop approchée

il était la tempête qui
a bouleversé ma vie

depuis que je l'ai rencontré, il a bouleversé ma vie de toutes les manières possibles. Il a emmené l'orage et quelques tempêtes, la foudre, le vent, et tout un tas de sentiments. Il m'a fait découvrir la jalousie, l'amertume, la peur, mais aussi la joie de vivre, le bonheur, et la paix. Il était différent de moi et m'apportait pourtant tout ce dont j'avais besoin. Ses bras étaient le monde dans lequel j'aimais vivre, le monde dans lequel je me sentais bien, libre. Il m'a fait connaître les jolis papillons au creux du ventre et l'amour qui frôle le cœur. Il m'a donné envie de rire, de pleurer, de crier au monde entier que pour la première fois dans ma vie, j'étais heureuse

il m’a fait aimer
la pluie et les orages

depuis que je suis tombée amoureuse de toi, je n'ai jamais cessé de t'aimer. Je t'ai aimé dans une vie où tu n'existais pas, dans un monde où tu n'avais jamais mis les pieds. Je t'ai aimé dans la peine, dans les pleurs, dans la souffrance. Je t'ai aimé dans les rires, dans les cris, dans la peur. Je t'ai aimé dans les bras d'un autre, dans le regard de mes amis, contre les épaules de mes proches. Je t'ai aimé lorsque le froid venait me serrer contre lui, quand le soleil brillait beaucoup trop, et quand la pluie effaçait ton odeur. Je t'ai aimé si fort, je t'ai aimé même quand tu as cessé de le faire en retour

je t'ai aimé si fort
que mon cœur s'en rappelle encore

je ne pouvais pas écrire un nouveau livre sans parler de toi, parce qu'il n'est pas le seul à avoir marqué ma vie

c,

toi, tu m'as appris à tenir debout même lorsque le monde s'effondrait sous mes pieds. Tu m'as appris à pleurer sans avoir honte, sans avoir peur. Tu m'as appris à aimer les choses les plus simples, les plus douces. Tu m'as appris à rire sans m'arrêter, à sourire beaucoup trop souvent. Tu m'as appris que la vie méritait toutes les chances possibles afin d'apprendre à l'aimer et la pardonner de ne pas être parfaite. Tu m'as appris que les chemins les plus difficiles étaient souvent les plus beaux, et qu'ils méritaient d'être découverts

merci d'être entrée dans ma vie et de m'avoir tendu la main lorsque personne ne le faisait. Merci de m'avoir prouvé que l'amitié existait et que j'avais la chance d'avoir une amie sur qui compter. Merci de réaliser certains de mes rêves à mes côtés et d'être fière de moi, même lorsque je ne le suis pas. Merci pour tous ces sourires, pour tout ce que l'on partage et ce que l'on imagine ensemble, ça me rend heureuse. Merci d'être celle que tu es et de le rester

les plus belles étoiles brillent sur terre,
merci de briller dans ma vie

un jour, on ira sous la pluie ensemble, on dansera en se moquant de ceux qui nous ont fait du mal et qui, sans le savoir, nous ont rendues plus fortes. Un jour, on ira observer le soleil se coucher, parsemant le ciel de mille et une teintes, qui donneront de la couleur à nos vies. Un jour, on ira regarder les étoiles toutes les deux, pour se rappeler que l'on brille nous aussi, à notre manière, et qu'on ne doit jamais arrêter de le faire. Un jour, on ira crier que le monde entier n'est rien face à ceux qui nous tiennent la main. Un jour, on ira souffler des centaines de bougies et on ira ensuite exaucer nous-mêmes tous les vœux qu'on a souhaités

dès l'instant où tu as croisé mon chemin,
j'ai su que je ne marcherai plus jamais seule

d,

merci de m'avoir montré que le soleil était aussi une étoile et que j'avais le droit de l'aimer. Merci de briller dans mon ciel, dans ma vie, et d'être cet espoir que je garde au dessus de la tête et aussi au creux du cœur. Merci de partager mes maux, mes secrets, tout ce qui va mais aussi tout ce qui ne va pas. Merci d'apaiser certaines blessures que le temps ne guérit pas, et de me prouver que la solitude n'est parfois pas la meilleure des solutions

merci de pleurer à ma place lorsque je
n’ai plus la force de le faire toute seule

j'ai toujours été celle qu'on remplace, celle qu'on oublie. J'ai toujours été celle qui aime trop et que l'on n'aime pas assez. J'ai toujours été celle qui reste et qui regarde les autres s'en aller. J'ai toujours été celle qui se bat, qui lutte jusqu'au bout et qui n'abandonne jamais. J'ai toujours été celle qui n'avance pas, qui vit dans le passé, celle qui a peur de tourner les pages. J'ai toujours été celle qui danse avec ses souvenirs, celle qui préfère se rappeler de tout et de souffrir, plutôt que de passer à autre chose et d'oublier

j’ai toujours été celle qu’on remplace,
celle qu’on oublie

la première fois que tu es parti, j'ai senti mon être se déchirer en deux, et quand tu es revenu, cette fissure n'a pas disparu. J'avais l'impression d'avoir perdu la moitié de moi, et je savais que je ne la retrouverais jamais. Tu as fui avec quelques morceaux de mon âme, et tu ne me les as jamais rendus, et depuis ce jour, quelque chose manque. Depuis toi, une partie de moi a disparu, créant un grand vide qui ne se comble pas. Beaucoup de personnes ont essayé de m'aimer, de remplacer cette pièce manquante, cette absence, mais rien ne changeait. J'ai rencontré des tas de cœurs qui ne battaient pas comme le tien, des tas de garçons qui n'étaient pas toi. Je vais devoir vivre avec ce trou béant dans ma poitrine toute ma vie ?

est-ce qu'on guérit d'une âme brisée ?

je pensais que tu étais mon âme sœur, la seule et l'unique qui me comblerait et qui vivrait à mes côtés toute ma vie. En plus d'être celui que j'aimais plus que tout, tu étais devenu une part de moi, que je gardais précieusement. Je pensais que malgré les difficultés, les troubles, les tempêtes, on se retrouverait toujours quoi qu'il arrive.. Mais certains naufrages séparent des personnes à tout jamais, et on en faisait partie. Nous n'étions pas une exception, nous n'étions pas faits pour s'aimer éternellement et même après. Tu sais.. peut-être que deux âmes qui se sont aimées ne sont pas destinées à se retrouver, peut-être même qu'on n'était pas faits pour être ensemble, et qu'on ne le sera jamais

peut-être que deux âmes qui se sont aimées
ne sont pas destinées à se retrouver

je n'aurais jamais dû te dire que mon cœur se tordait d'amour pour toi, parce qu'il a fini par se briser. Je t'aimais, je t'aimais trop fort, et cet amour me faisait trop de mal. Tu sais, j'avais l'impression de mourir doucement, à petit feu, comme si mon amour pour toi m'étouffait

la flamme de notre amour était
devenue un incendie meurtrier

dans le fond, je sais que tu ne reviendras jamais, et ça me brise le cœur rien que d'y penser. Je ne recroiserai jamais ton joli regard, le son de ta voix, et la joie sur ton visage. Je ne pourrai plus te serrer dans mes bras, ni pleurer contre tes épaules. Je n'aurai plus la chance de t'entendre et de te regarder me parler du monde et de chacun de tes rêves. Je ne marcherai plus à tes côtés, et tu ne me diras plus jamais que tu viens me retrouver. Je n'aurai plus jamais l'occasion de te dire que je t'aime, et que je n'ai jamais cessé de le faire

je n'écrirai plus aucune page de notre histoire,
puisqu'elle est terminée

j'aurais aimé te dire que le vide n'est pas si grand sans toi, et que j'arrive à le combler. J'aurais aimé te dire qu'un autre prend soin de moi et qu'il a même réparé tout ce que tu avais brisé. J'aurais aimé te dire que j'ai pardonné au passé et à tous ceux qui m'ont fait du mal. J'aurais aimé te dire que la vie est plus simple depuis que j'ai avancé. J'aurais aimé te dire tout ça, et que ce soit vrai ton prénom me brise toujours le cœur

ça aurait été moins douloureux de te laisser partir la première fois, et de ne pas m'accrocher aux promesses que tu m'avais faites en partant. Ça aurait été moins difficile d'accepter ton départ plutôt que d'attendre ton retour. Ça aurait été plus facile de déchirer les plus belles pages et de brûler celles qui restaient. Ça aurait été moins compliqué de pleurer toutes les larmes de mon corps et de laisser la tristesse m'envahir au lieu de l'empêcher de toucher mon cœur. Oui, ça aurait été plus simple de m'en aller

ça aurait été moins difficile d'accepter ton départ
plutôt que d'attendre ton retour

j'ai regardé le temps avancer sans moi,
en pensant qu'il m'attendrait

j'ai regardé le monde tourner sans moi,
en pensant qu'il m'attendrait

j'ai regardé mes amis marcher sans moi,
en pensant qu'ils m'attendraient

j'ai regardé la vie filer sans moi,
en pensant qu'elle m'attendrait

j'ai regardé le bonheur s'enfuir sans moi,
en pensant qu'il m'attendrait

j'ai regardé les étoiles disparaître sans moi,
en pensant qu'elles m'attendraient

j'ai regardé la foule s'éloigner sans moi,
en pensant qu'elle m'attendrait

j'ai regardé mes rêves s'en aller sans moi,
en pensant qu'ils m'attendraient

j'ai regardé l'amour de ma vie partir sans moi,
en pensant qu'il m'attendrait, lui aussi

il a préféré être le premier à me briser le cœur
plutôt que la dernière personne que j'aimerais

je t'ai perdu et le pire était à venir : je devais me relever, regarder la vie avancer et le monde tourner sans toi. Je devais accepter un deuil que je ne voulais pas affronter je devais continuer de marcher seule. Je devais apprendre à vivre dans un monde où tu n'existais pas, et où pourtant, ton fantôme dansait toujours. Je devais traîner un tas de souvenirs derrière moi, et ne jamais me tourner vers le passé. Je t'ai perdu, et ton départ n'était pas la pire chose à vivre

j'ai écrit la fin d'une histoire que
je n'aurais jamais voulu écrire

est-ce que je suis la seule à me taire lorsque je tombe sur une photo de nous, de toi ? Est-ce que je suis la seule à sentir mon cœur se briser lorsque je croise certains de nos souvenirs ? Est-ce que je suis la seule à pleurer lorsque j'entends ton prénom ? Est-ce que je suis la seule à regarder les silhouettes de nos fantômes en espérant qu'ils continuent d'être heureux dans le passé ? Est-ce que je suis la seule à observer les étoiles et à penser à toi ? Dis-moi, est-ce que je suis la seule à ne pas tourner notre page et à continuer de la relire en espérant que la fin soit différente de celle que l'on a écrite, meilleure que celle que l'on a vécue ?

on avance en trébuchant sur des souvenirs

d'abord, j'ai pleuré toutes les larmes de mon corps

parce que, je n'ai pas réalisé tout de suite

en effet, j'ai été dans le déni quelques mois

ensuite, j'ai eu besoin de temps

j'ai eu besoin de temps pour accepter la fin de cette histoire. J'ai eu besoin de temps pour accepter que tu étais parti et que tu ne reviendrais peut-être jamais. J'ai eu besoin de temps pour comprendre que je devais te dire au revoir, sans espérer te voir revenir. J'ai eu besoin de temps pour accepter que j'allais vivre de nouveau dans un monde où tu n'étais pas. J'ai eu besoin de temps pour me faire à l'idée que cet amour qui me brûlait le cœur, cesserait un jour de le faire

et, j'ai fait des erreurs

en premier, je me suis perdue,

puis, j'ai voulu reculer

mais, j'ai continué d'avancer

j’ai eu le cœur brisé et on m’a dit qu’il y aurait
d’autres personnes, d’autres amours, d’autres toi

au-delà de la passion que j'avais pour lui,
et de tout ce qu'il me faisait ressentir, il me
faisait vibrer, j'avais l'impression d'exister

le temps soigne de tout,
mais pas de toi

j'ai pleuré le jour de ton départ, et tous les jours qui ont suivi. J'ai pleuré les souvenirs, et tout ce qui ne vivra plus jamais. J'ai pleuré ton absence, et le manque qui restait là. J'ai pleuré pour la peur, pour les doutes, pour tout ce qui arrivait à ta place. J'ai pleuré chaque nuit, et même en pleine journée. J'ai pleuré quatre longues années, et il m'arrive encore de sentir des dizaines de larmes glisser sur mes jours, parce que j'ai toujours mal

la tristesse,
c’est tout ce qu’il reste de toi

ça fait peur, ça fait mal d'apprendre à laisser partir ceux que l'on aime, d'apprendre à fermer la porte derrière eux, en sachant qu'ils ne reviendront plus jamais l'ouvrir. Ça fait mal d'accepter que l'amour ne se contrôle pas et que les sentiments peuvent se perdre, eux aussi. Ça fait mal de regarder les autres continuer de vivre alors qu'on n'y arrive plus. Ça fait mal, ça fait peur d'avoir le cœur brisé

ça fait mal d'apprendre à laisser
partir ceux que l'on aime

un jour tu comprendras que l'amour ce n'est pas ça

l'amour, ce n'est pas t'attendre

l'amour, ce n'est pas rester en espérant que tu reviendras

l'amour, ce n'est pas pardonner chacune de tes erreurs

non, l'amour c'est...

l'amour, c'est t'avoir laissé partir alors que je t'aimais

l'amour, c'est t'avoir regardé t'en aller alors
que j'aurais pu crever pour le vert de tes yeux

l'amour, c'est accepter de me retrouver seule

l'amour, c'est accepter que tu en aimes d'autres

l'amour, c'est accepter de vivre sans toi

l'amour, c'était moi

personne n’a jamais frôlé
mon cœur comme il l’a fait

j'ai le cœur qui déborde parfois un peu trop, et souvent, je me noie en silence. Je glisse, je sombre dans les profondeurs d'un océan de tristesse qui porte ton nom. Il y a des jours où c'est plus difficile de remonter à la surface pour respirer, et il y a des soirs où j'ai envie de couler. Tu sais, mon cœur garde beaucoup trop de séquelles, et depuis toi, il ne sait plus comment aimer correctement, aimer complètement.. Parce que tu l'as brisé en des millions de morceaux que je n'ai jamais su retrouver

je dois guérir d'un amour
qui ne m'a jamais blessée

j'ai encore tant de choses à dire sur nous, sur notre amour, et sur tout ce qu'on n'a pas vécu. J'ai l'impression que les mots ne me manqueront jamais, contrairement à toi est-ce que les mots suffiront à guérir de toi ?

Remerciements

À tous ceux qui liront ces pages et qui auront la force et le courage d'affronter la vie, même avec un cœur brisé ou des souvenirs beaucoup trop lourds à porter. À tous ceux qui ont connu la douleur d'un amour perdu, d'un proche qui est parti, ou d'une personne qui n'est jamais revenue. À tous ceux qui liront mes mots et s'en serviront comme des pansements. À tous ceux qui auront la force de sourire malgré les larmes, et qui continueront de vivre malgré tout. Vous êtes fortes, belles étoiles, alors n'oubliez jamais de briller.

Autres œuvres :

- *Les souvenirs portent ton nom*
- *Les mots m'ont sauvée*
- *Asterya, lorsque la magie s'en mêle*

Contact :

jeunesselea0205@gmail.com

Printed by Amazon Italia Logistica S.r.l.
Torrazza Piemonte (TO), Italy

22098769R00130